Mercredi

Cher ami,

Je reçois à l'instant le renseignement que j'ai dû demander à Senlis. Le Collège Saint Vincent, au temps où J. M. de Heredia y était pensionnaire, était tenu par des Prêtres séculiers, sous la direction de l'Evêque de Beauvais, qui s'appelait alors Mgr Gignoux.

Dans ces dernières années l'établissement était aux mains des Maristes.

Bien amicalement à vous :

Henri de Régnier

Monsieur Maurice Barrès

100, Boulevard Maillot 100

Neuilly s. Seine

Cher monsieur et ami

mon fils est absent en ce
moment, je ne veux pas livrer
le si précieux volume à la
poste et je ne veux pas tarder
à vous remercier au mieux
votre lettre à mon Marc, votre
dédicace à mon fils, plus profond
de mon cœur
par beaucoup
père, et sans qui avec un
sens si secret et si sévère de
ce qu'on nous a transmis et
de ce que nous devons à notre

Monsieur Maurice Barrès
100 boulevard Maillot

Neuilly   Seine

Mardi soir

Cher Monsieur

J'achève à l'instant la
lecture — du fort beau —
discours, que vous avez
prononcé tantôt et qu'une
émotion — que vous trouverez
je crois très naturelle m'empêcha
d'aller entendre .

Vous avez noblement parlé.
d'un noble poète . Je veux
vous en remercier de tout
cœur en — même temps
que vous en féliciter
très sincèrement :
Et je veux aussi vous

dire combien je suis touchée
de la délicatesse charmante
avec laquelle vous avez
parlé de la fille à propos
du père. Rien n'aurait pu
lui être plus doux. Et c'est
pourquoi je vous suis tout
particulièrement reconnaissante
d'avoir songé à être agréable
à sa mémoire.

Croyez cher Monsieur à
mon admirative amitié
et rappelez-moi au souvenir
de Madame Barrès

                Marie de Régnier

Mon cher ami

J'irai vous porter demain
à St Séverin tous mes souhaits
de bonheur, mais je veux vous
dire auparavant tout le plaisir
que m'ont fait, après la Char-
-mante Bérénice, vos trois stations
Je ne vous dirai pas que c'est
très subtil, très délicat; du style
le plus agréable. Vous le savez.
Mais pour vous prouver que je vous
ai bien lu et que je vous aime,
je vous ferai observer, pour une
autre édition, que la rencontre
de Bice et de Dante, n'a pas eu
en Paradis, mais au 27e chant

du Purgatoire où elle lui apparaît,
vêtue de flamme et de vert sur le
char traîné par le Griffon sym-
-bolique. Et cette rencontre est
la plus admirable chose qu'il
y ait dans toute la poésie moderne.

Adieu, soyez heureux, double
-ment heureux. C'est ce que vous
souhaite votre ami,

A. de Heredia

Paris, ce 10 Juillet 1891.

MONUMENT
JOSÉ-MARIA DE HEREDIA

Les amis, les confrères et les admirateurs de José-Maria de Heredia viennent de constituer un comité pour lui élever un monument à Paris.

L'illustre auteur des Trophées *est une des gloires les plus pures de la littérature française. Tous ceux, connus ou inconnus, dont ses vers ont ennobli la pensée, voudront lui témoigner leur reconnaissance en contribuant à perpétuer son image.*

PRÉSIDENT DU COMITÉ

M. Jean Richepin, de l'Académie française.

VICE-PRÉSIDENT

M. Gabriel Hanotaux, de l'Académie française.

MEMBRES D'HONNEUR

S. Exc. l'Ambassadeur d'Italie.
S. Exc. l'Ambassadeur d'Espagne.
MM. Lahovary, Ministre de Roumanie.
Tomas Collazo, Ministre de Cuba.
Henrique Larréta, Ministre de la République Argentine.
Maurice Faure, Sénateur, ancien Ministre.
Léon Dierx.
Mistral.

MEMBRES DU COMITÉ

MM. Paul Adam.
Jean Aicard, de l'Académie française.

MM. Vicomte G. d'Avenel.

Maurice Barrès, de l'Académie française.

Guido Biagi, Directeur de la Bibliothèque Médiceo-Laurentienne.

Léon Bourgeois, ancien Ministre, Sénateur.

A. Cabat, Conseiller à la Cour.

Gaston Calmette, Directeur du *Figaro*.

Francis Charmes, de l'Académie française.

Francis Chevassu.

Léonce Depont.

Auguste Dorchain.

René Doumic, de l'Académie française.

Hugo Finaly.

Louis Ganderax, Directeur de la *Revue de Paris*.

Eugenio Garzon.

Georges Goyau.

Fernand Gregh.

Vicomte de Guerne.

Edmond Haraucourt.

Adrien Hébrard, Directeur du *Temps*.

Paul Hervieu, de l'Académie française.

Georges Itasse.

Georges Lafenestre.

Georges Lecomte.

Sébastien-Charles Leconte.

Jules Lemaitre, de l'Académie française.

Alphonse Lemerre.

Désiré Lemerre.

Léouzon Le Duc.

Raphael-Georges Lévy.

Georges Leygues, Député, ancien Ministre.

Dr Lubet-Barbon.

Angelo Mariani.

Henri Martin, Administrateur de la bibliothèque de l'Arsenal.

Frédéric Masson, de l'Académie française.

Arthur Meyer, Directeur du *Gaulois*.

Morel-Fatio, Membre de l'Institut.

Paul Musurus Bey.

de Nalèche, Directeur du *Journal des Débats*.

MONUMENT
JOSÉ-MARIA DE HEREDIA

Je, soussigné   envoie à M. Henri Leclerc,
trésorier du Comité, la somme de
pour ma souscription au Monument José-Maria de Heredia.

Signature :

Adresse :

La liste des souscripteurs sera publiée ultérieurement.